AKHENATON

La faim de leur monde

L'ICONOPOP

En 2006, nous avions écrit avec IAM le morceau *La fin de leur monde*. Une chanson fleuve de dix minutes sur les mensonges, les hypocrisies et les injustices de la politique internationale, de la perception du 11 Septembre en Occident aux séquelles de l'Afrique postcoloniale. Le clip, réalisé à partir d'images choc, est un « hit » sur le net. Ce morceau se termine par : « Ça ne peut qu'aller mieux. »

Quinze ans plus tard, et surtout après l'année qui vient de s'écouler, nous ne pouvons pas dire que l'état du monde se soit amélioré, malheureusement. Ainsi, j'ai décidé d'écrire *La faim de leur monde*. Les deux versions sont rassemblées dans ce livre.

LA FAIM DE LEUR MONDE

L'ironie de la vie fait qu'à l'instant même

Où mon encre pose les premiers mots de ce poème

J'aurais tant aimé qu'elle puisse l'écouter

Il y a une heure, petite maman, le ciel vient de te rappeler

Sur mon tee-shirt quelques larmes se dessinent

J'ai vu l'abeille, la colombe, Dieu, j'ai vu les signes

Ma mère a voué sa vie aux autres et les autres
ont voué leur vie à eux-mêmes

Lui laissant leurs chariots de peines

Ses patrons, hauts fonctionnaires, se demandaient

Comment ils pouvaient stopper les actions
de cette petite militante

Ils l'ont assise un an et demi sous une trappe ouverte

D'où tombait sans s'arrêter une pluie d'amiante

Eux ont su dorer leur parapluie

À cinquante ans, maman est tombée dans la maladie

Elle m'a laissé ces quelques mots en héritage

Alors je marche sur le champ d'honneur,
pour un combat véritable

C'est l'économie qu'on vante et qu'on canonise
Les forêts se couchent et les animaux agonisent
Devant la télé, chacun veut sauver la Terre
Et ça pleure quand on prend dix euros sur le salaire

Alors le poison est dans l'air, il en tue cinquante mille
Mais c'est plus simple de fixer la peur sur le Covid
Ce qui nous arrive, ce n'est pas étonnant, c'est logique
C'est la course-poursuite, où l'économie tue l'écologie

Je crois toujours en Dieu si tu en doutes mais comme
Ces vers l'expriment, j'ai fini d'avoir foi en l'homme
Faut croire que c'est ainsi, faut croire qu'on le mérite
De la toundra s'évadera la huitième plaie d'Égypte

Quand je suis né, je n'ai pas ri, j'ai pleuré

Au fond je devais savoir où je mettais les pieds

Un sacrifice, sur l'autel de la bêtise humaine

Les insectes qu'on écrase font plus pour l'homme
que l'homme lui-même

Le système du capital tiendra
Si les plats posés sur la table ont un partage juste
Capitalisme 2020, c'est Judas qui boit tout le vin,
Mange tout le pain, et Jésus qui l'excuse

De nos jours, on décrie les hypermarchés
Il y a cinquante ans, le peuple a fait leur succès
Et pour tirer les prix, ils ont fait de la bouffe « Chio »
Comment les croire, eux et leurs fausses étiquettes « Bio »

Nous sommes responsables de cette situation
On vote, on manifeste, on hait ce qui arrive
On hait ceux qui arrivent, on rame à la dérive
Mais la « rêvolution » se fait par la consommation

En France, santé, prévention, c'est divorce
Du coup, patient, client, c'est la même chose
L'alimentation, ce n'est pas ce médicament cher
La Sécu sera plus tard la consolation à ton cancer

Combien de fois j'ai parlé, aux docteurs vaniteux
Combien de fois j'ai erré, dans l'hôpital miteux
Combien de fois les miens ont subi la calamité
De lutter pour leur vie en ces lieux privés d'humanité

Notre médecine est à un tournant, fragmentée

Les docteurs fidèles à leur serment d'un côté

De l'autre, ceux que les labos ont transformés

En associés du plus grand cartel du crime organisé

Notre superbe ? un pantin sous stéroïdes

Qui ne veut pas mourir, ni souffrir, se shoote aux opioïdes

Et le dealer a une blouse blanche

Un chercheur qui ne trouve rien, sur une terre
de sous-France

Quand tout se barre, seules comptent les intentions
On ne peut se tromper si longtemps sans bouger de position
C'est que le plan alors diffère du remède
Et je pense à nos enfants, putain, on est dans la merde

Un carnaval consenti, étalé sur le long terme
Un bal masqué où les gamins sont déguisés pareil
Un naufrage où survivent ceux qui peuvent
La réussite de la répétition ratée de 2009

Des plateaux où les docteurs deviennent journalistes
Et des journalistes, docteurs en tenue affoliste
Ça crucifie, ça juge, ça dépend qui
On aimerait tout cet entrain, pour Mediator et Dépakine

Il n'y aura jamais d'entente
Si certains cherchent le buzz et d'autres font de la science
Je n'aurais jamais cru y assister
Voir des sommités dénigrées par des amateurs matelassiers

Le nul de la classe s'autoproclame génie
Un peu d'ADN en commun avec les méchants terroristes
Où la crème de la télé imbécile
Chants de merde, à la Star Academy de la médecine

Si on ne sait pas, on n'applique pas de mesures
Dont les conséquences peuvent être la pire des choses
Le mal est à venir, ce ne sera pas le virus
Les perroquets ne sauront pas lier les dégâts à la cause

À la vue de ces rageux athées, je ris
Inconscients que la peur de la mort est devenue leur Église
La course au vaccin rend le monde solidaire?
Non, ce monde a faim, et alimente un vers solitaire

Ils veulent que pour les anciens rien n'aille mal
Et dépensent des milliards pour l'atome dans l'arsenal
Les maths remplacent les mots, veulent expliquer les maux
Quand ça les arrange, nos vies sont rangées dans les tableaux

Lorsque ça les dérange, hop, coup d'éponge, effacent
Les chiffres des vérités, que leurs lettres voilent et masquent
Où sont les procès ?
S'il n'y en a pas, rideau, allez, on a capté

On vit avec des drogues dures légales dans l'armoire
On peut insulter, menacer mais pas parler d'armoise
Nos villes subissent la loi des *Douze Salopards*
J'allume la télé, je vois vociférer un cluster de connards

Prise d'otage de l'émotion en live,

Le doute vient quand on chasse raison pour la peur primale

Portes ouvertes aux fachos, vannes ouvertes au max

Arme absolue sur les terres du Xanax

Monsieur le ministre, nos mains n'arrêteront pas le sable

Combien de gens dorment dehors par ce froid ?
Vous êtes irresponsable !

Le tour de force des comploteurs, c'est de dénoncer
leurs détracteurs

Comme des vilains complotistes

Tout au long de l'histoire, tout n'est que guerre, pleurs, peur
Désolé mais le complot ça existe
Ses pieds foulent nos corps, son dessein est funeste
Habillé en gentil, il s'appelle Business

Mensonges, armes de distraction massive
Deux millions de morts, le complot ça existe !
On te vend la guerre propre, sage, chirurgicale
Chirurgie du pétrole, lors d'opérations brutales

Ça crie sus à la drogue, et puis sus au communisme
La drogue attendra, on tue les cocos contre la cocaïne
Le crack dévaste les ghettos, rien ne le maîtrise
Années quatre-vingt, j'y étais, le complot ça existe !

Au mois de mars débutèrent les analyses

Aux heures de grande écoute, ils annonçaient l'Apocalypse

Genre un million de morts, c'est peut-être
ce qui nous attend ?

Et eux alors, dis-moi, c'est pas des charlatans ?

Alerte rouge au mercure, neige, à la pluie et au vent

Ils font trembler les gens avec un souffle d'harmattan

Un peu de ramadan, la main sur la gégène

Ces faux philosophes mènent un Milgram à grande échelle

Tant de mensonges que personne ne croit plus en rien

Chacun a sa vérité qui lui va bien

Eh oui, la peur, la paranoïa sont addictives

À chaque échec, elles fouillent et trouvent le motif

La division est telle que l'espoir est mince, de recoller

Notre société ? Du verre brisé…

Honnêtement, si tu as le temps de poster
mille avis dénigrants

C'est que tu en fous très peu dans ta vie, des migrants

Tu dis : « Pourquoi chez moi ? La terre est vaste »

Tu y as pensé bourré à deux cents sur l'autoroute
avec le masque

Avec le masque, tu porteras la veste

Pour mieux la retourner quand le vent soufflera de l'est

Hé Veust, j'ai encore la main sur le bouton

Les porcs, les moutons, t'inquiète, j'ai « leur temps de cuisson »

Si c'est la mort qu'ils veulent nous éviter

Un pour cent du budget de l'armement mondial suffit

À sauver chaque année huit ou neuf millions de vies

En donnant un accès à l'eau potable et non contaminée

Va faire accepter ça aux ploucs à carabine

Les ventes de Rafale ont de beaux jours en Arabie

On fait du feu d'artifice, en ces jours mortifères

La BST c'est pas Blake et Mortimer,

La vie c'est pas blanc ou noir, c'est un joyeux bordel

Vive la vie, l'amour, la joie, car la vie c'est mortel

Sors la selle qu'on chevauche le sort

Combien sont morts de la mort, attendant
le vaccin contre la mort ?

Hypocrisie sur le visage

On va aux enterrements des gens qu'on détestait,
pour lisser sa propre image

Il me semble que beaucoup ont oublié

Qu'on n'est pas des ordis, on ne peut pas nous
réparer à souhait

Dans nos pays l'enchaînement des années belles

A ancré dans les cœurs le sentiment d'être immortel

Et lorsque tout bascule on dit : « l'artiste est inutile »

Et pour traverser les épreuves, la musique est trop futile

Ça veut des noms pour collecter les fonds

Quand ça va mal, on s'essuie les pieds sur nous
comme sur un paillasson

Ce n'est pas nouveau, non, même pas ça m'éprouve

Dans ce pays, un vrai métier c'est un taf où on souffre

Peu importe si on coule, on filme la détresse de chacun

Et l'illusion de sa couronne d'épines

Il y a vingt ans, les enfants du commerce
ont violé la musique

Le schéma s'est répété pour l'hôpital public

Devant mes yeux, l'unité ? Un fossile

Dis merci aux philanthropes de la clique à Sarkozy

"l'artiste
est inutile"
on*
dit

Nos filles ne respirent plus et nos fils
ne respirent plus non plus

Marchent sur le fil, un futur de funambule

Je vois le monde de demain sur leurs visages

On les trie, on les juge, et moi, je sens que je m'ensauvage

Parqués entre clichés, terreur et hommages

Tôt ou tard déferlera un tsunami de dommages

Car la France du papier est un tas de belles phrases

Notre France du réel, on la subit de guerre lasse

Ne versons pas dans le communautarisme

Les chiffres de l'Insee sont là et l'État fait du wellouïsme

À l'image d'un petit ministre mesquin

Qui fait passer notre avenir bien après son destin

Coincés dans un bras de fer infantile,

On n'est pas forcés de blesser les autres pour montrer qu'on est libres

Comme tous ces gens qui se croient de gauche, car

Ils vont boire un coup assis au bar, au milieu des Noirs

Et croisent ces gens tous les jours, ignorent tout d'eux

Seulement ici le loyer est divisé par deux

Jusqu'au soir où ça reçoit une claque, une grosse tarte

Et ça passe, de gauche, direct à l'extrême droite

Je ne juge pas enfin, chacun peut changer

Je suis un enfant de la violence, donc un adulte de la paix

Mes impôts ne s'évadent pas, ils restent

Ouais, je me sens plus français que tous ces chanteurs de *Marseillaise*

ex LIBERTÉ

~~ÉGALITÉ~~

CLIENTÉ

(-LISME)

Fais ton petit livre sur le roi du Maroc
Et peu de choses sur tes potes quand les lois, ils les fok
Insupportables ces leçons à l'Afrique
Clientélisme.fr, bananière devient la République

Nous sommes égaux ? Pipeau. Nous sommes frères ? Pipeau
Écoutés ? Pipeau ! Considérés ? Pipeau !
Méprisés comme un seul bloc dans la balance
Il n'y a pas d'égalité des chances mais fatalité des chiances

Poète en [illegible]

Libéraux réacs grimés en socialistes ou gaullistes

Inventent des mots de merde genre « islamo-gauchiste »

Si je fais l'idiot je réponds athéo-fasciste

Étrange comme la guerre des pauvres garantit
la paix des riches

Déforestation, démantèlement d'usines

Un œil sur la Bourse c'est l'index pointé sur le crime

Capitaux forgés par les travaux d'esclaves

Palace en Amérique avec en Afrique une escale

Entassés dans ces rafiots, ce monde se fout d'eux

On a tout pris dans leurs pays, ils doivent crever chez eux

Nous on signe des contrats, on se démène,

On s'en fout, on encaisse, amen tant pis pour le Yémen

Mais qui veut l'obus du canon Caesar !
Combien de gamins morts par jour, pourtant, aucun ministre crie « Allah-u-Akhbar »
Comme le Cambodge avec le temps, ils digèrent
Que ce monde a statufié Kissinger, sans le juger

Comme quoi on peut tuer quatre cent mille innocents
Et être du « Nobel de la paix » décoré pour autant
Les civils effrayés n'ont que faire de la théorie
Ça s'appelle pas la guerre, ça porte un nom : le terrorisme

Articuler des idées devient compliqué
Dans ces situations où l'émotion est impliquée
Et que demain ce seront des larmes qu'on versera, oui
Pour revenir ne serait-ce que là où on est aujourd'hui

Je repense au pilote de la Germanwings
Et à celui qui a foncé dans la foule à Nice, même colère
Même folie derrière un pare-brise, suivez la flèche
Lui : c'est la dépression, et le bronzé là : c'est Daech

C'est la culture de nos contrées qui est en cause
Où il faut faire le buzz, être quelque chose
Être quelqu'un, sortir enfin de l'anonymat
Où la mauvaise nouvelle dope la courbe de l'audimat

Où on met ses chiottes sur Facebook,
pour du vent on tweete

Photos de vacances, on scénarise sa vie

On montre cette plage, on y a fait la cour

Diaporama, mise en scène de notre amour, puis

Lots d'insultes, pour un scénario de rupture

Exhibe sur YouTube un pauvre talent sans futur

Et quand la dépression et la haine sabordent

Ils tuent, scénario glorieux de la mort

Ne cherchez pas de causes, de convictions à tout ça
L'incendie se cache derrière un feu de broussailles
Et tout ce qui importe, c'est que reste le nom
Pour ne pas crever à la piaule, seul comme un con

J'y réfléchis et ne vois pas de remèdes
Face à une armée de cons, tous centrés sur eux-mêmes
Qui confondent leur vie avec le Big Bang
Inspirés par le destin de miteux brigands

Aux infos les hooligans, moi, je ne les ai pas vus
Anglais et Russes à Marseille crier « ISIS où es-tu ? »
Depuis des mois sur le net, ils planifiaient la bastonnade
Qui devait se terminer en ratonade

Ça ne fait même pas une ligne, même pas un mot
Et si des gars avaient shooté c'était Guantánamo
Nous aussi on en a marre, chaque fois, de batailler
On ne veut pas la main au fion et parler comme Tatayet

Du coup silencieux en cent quarante caractères,
Je m'exprime en rimes avec un flot d'amour dans les artères
À l'heure où le discours fasciste est banal
Ce n'est pas dans les stades mais à l'Assemblée
qu'on nous jette des bananes

Depuis les tours jumelles en 2001, l'esprit étriqué

Me sachant musulman de confession me somme
de m'expliquer

À chaque tuerie le téléphone sonne

Comme si je connaissais les raisons de ce foutu boxon

Les mêmes actes et différentes chroniques,

Joseph Kony tue en silence sur Arte à minuit

Peu à peu, on prend le siège du rival

La France ignorante nous regarde comme si on priait Shiva

Dans la victoire, peu importe la peau

C'est dans le sport et le rêve qu'on se rallie au drapeau

Je suis fatigué de chanter les mêmes problèmes, trente ans !

Vendre un monde binaire est tentant

Si on nie l'histoire en bloc, ça devient aisé
Artisans de notre défaite, autobiaisée
On ne fait plus rien en public, on sécurise les cœurs
Et chaque seconde qu'on vit est régie par la peur

C'est le but du terrorisme, non ? Effrayer
Si c'est ça on y est, on peut le dire, les armes, elles ont gagné
Et on nous hèle comme des Français honnis
Avec des mots de maître d'école méprisant dans les colonies

Et la liste de crimes auxquels

Il n'y a pas d'autres solutions que les châtiments corporels

Sans bruit aucun, loin de votre réalité

Combien de potes portés en terre et que j'ai dû pleurer ?

Combien de proches trop jeunes brutalement fauchés ?

Ce n'est pas un pays en guerre mais Vie et Mort dans
les quartiers français

Pour qui n'a pas vécu ça, dur de comprendre

Comme de se faire contrôler au faciès sans arrêt

Voilà donc ce monde, par le « no future » menacé

Sauf que la douleur c'est vers les autres qu'elle est dirigée

On ne l'inflige plus à soi, et ça suscite

Des futurs assassins, ex-candidats au suicide

Discriminés à l'emploi, aux études

Au logement, aux loisirs, aux sports et à la culture

Les mômes finissent par croire qu'être français
n'est pas possible

Et se tournent peu à peu vers la culture des origines

En même temps, par les écrans émerveillés

Copies de délinquants en col blanc au pays des Yéyés

Les bons sentiments ont tellement été moqués

Que même les plus jeunes pouffent à la lecture
des mots de Guy Môquet

Les mots ? On nous les a volés
Et les fachos ? Ils en ont joué
Kidnappeurs de la laïcité, ils l'ont changée en laïcisme
Le fondamentalisme athée

Une société où eux seuls sont bien
Et ceux qui croient en Dieu sont des crétins
Vraie guerre d'imbéciles, je refuse d'y adhérer
Comme à la mécanique brutale et sanguinaire
des petits bandits ratés

Il ne peut y avoir que deux camps en tout ?
Je suis Charlie ou je ne le suis pas, mec je suis c'est tout !
Comment des blessés ont-ils pu shooter l'ambulance ?
Comment un peuple si fin a-t-il pu gommer les nuances ?

Changer sa vie en chronique nécrologique
Avec l'esprit inondé de négativité pathologique
Depuis que je suis né, j'entends « on est en crise »
Les anciens me disent que c'est pareil depuis 46

La compassion fuit, déserte les villes
On retrouve la nation qui avait peur de l'an mil
Face au drame, le peuple cherche des coupables
Telle religion, tel élu, l'État est responsable

Il serait sage de dire qu'il n'y a pas de parade
On est libres, et quand on est libres, on est vulnérables
Imagine si je disjoncte, rien n'arrêtera le massacre
On me tuera mais mon arme aura craché la salve

Je sais, c'est navrant, consolation,
L'opinion dira : « il s'est radicalisé cinq minutes avant »
On prend note, la ferme et subit
La police n'est plus ici pour jouer au rugby

Les assos sur le terrain n'ont plus un sou et le crient

Aujourd'hui la société entière en paie le prix

Quel système pour se faire entendre ? Je ne sais pas

Aucun candidat nous ressemble, ni nous rassemble

Nos vies c'est comme les feux du 31 décembre

Et même si on n'a rien à y voir, on nous prie
de balayer les cendres

Trois quarts des gens croient le pays en guerre

Mais la guerre, c'est quand sur les têtes il pleut du fer

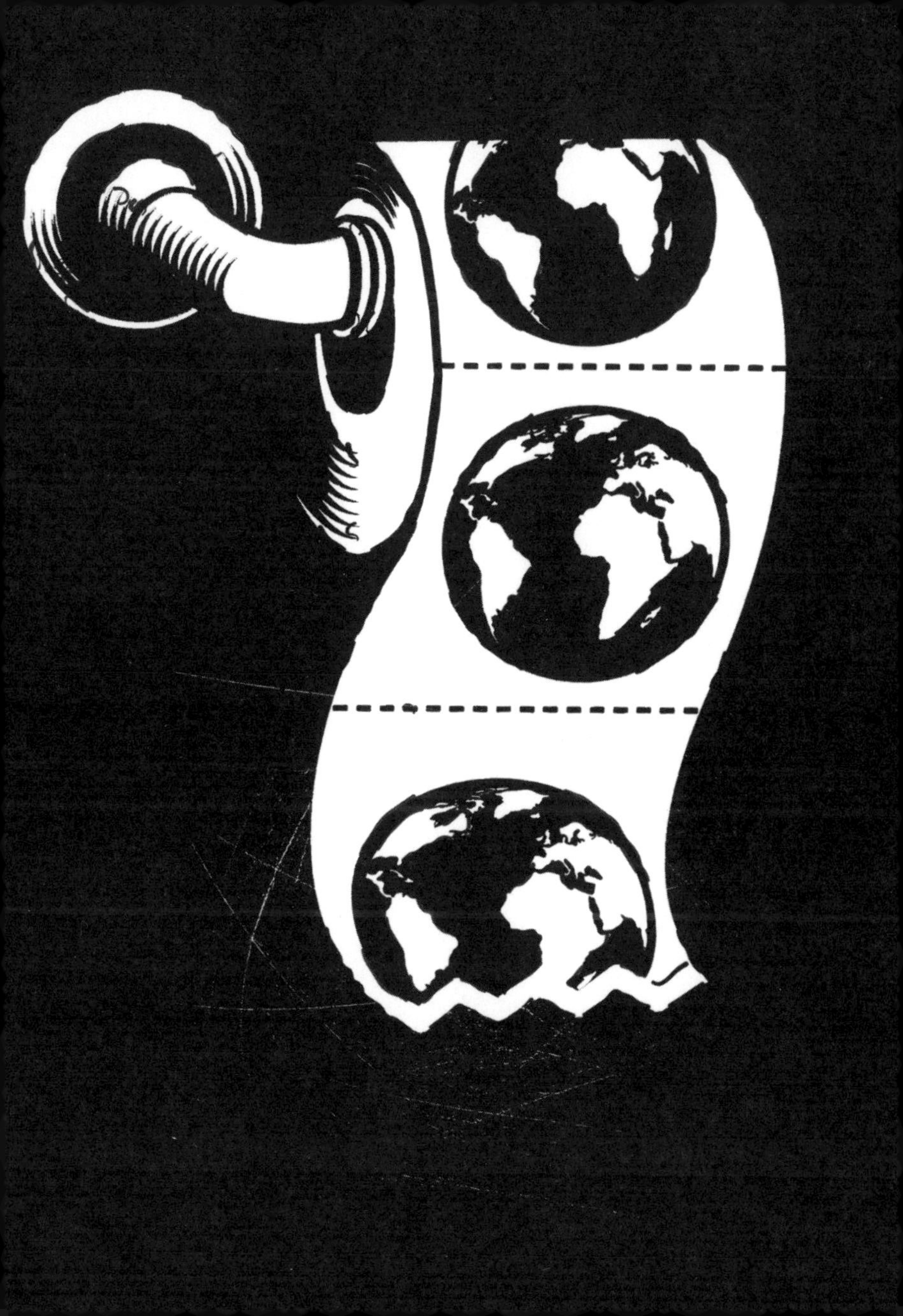

Où sont les sages qui ont subi les méfaits nazis ?

Les vieux d'aujourd'hui ont connu la guerre, oui,
mais celle d'Algérie

Sur tous les sujets, sécurité, économie

À demi-mot j'entends « qu'il était bon le temps des colonies »

Tout est ramené au choc des civilisations

Violence globale, effets de mondialisation

Le fric passe les frontières, l'info passe les frontières

La drogue passe les frontières, le brut passe les frontières

L'argent ne voyagera jamais seul, alors

Sans surprise, le sang et les larmes aussi passent les frontières

En treize ans et trois présidents, on a rejoint les Ricains

Autour du globe dans le rôle du méchant

On ne demande pas grand-chose vraiment
Si ce n'est que mère France aime tous ses enfants
Merci d'avoir accueilli si bien les miens
Quand ils ont quitté le pays, alors qu'ils crevaient de faim

Chaque fois que des personnes meurent, des larmes pleuvent
Et nous on chante avec les tripes les couplets d'« United »
De la paix seulement, je ferai l'apologie
Je pense juste qu'on subit le poids de la technologie

En dix ans on a pris un siècle, c'est la gifle
L'échec, les mœurs n'ont pas réussi à suivre
Les générations ne parlent pas le même dialecte
J'imagine quarante ans en arrière, avec internet

On peut débattre et affirmer ce qu'on veut

Les membres d'Action directe auraient été
mille fois plus nombreux

Les politiques ne passeront pas à l'action

On ne touche pas à la toile, par peur du vote sanction

Donc les idées tordues ont l'espace pour ramper
Les intolérants du globe peuvent y gerber en paix
Chacun veut réduire tous les autres au silence
Les comptes au Panama et tous leurs grands laïus en France

On prend leur minerai ? Pas grave, c'est des nègres
Notre appétit d'oiseau, c'est celui d'un aigle
Avec la téléréalité, ils ont vidé les têtes
Avec les amalgames, ils ont vidé les cœurs

Avec YouTube, Facebook, ils ont dopé l'ego

Et ont comblé tout ce vide avec des mots de facho

Est-ce que le monde va plus mal ? J'en doute

C'est que notre mal-être, et le mauvais en nous
qui passe en boucle

Il tourne dans nos âmes, et ce pendant des heures

On n'entend rien des autres juste l'écho de leur peur

Assis devant un doc, pensées bleues, je préfère voir
des singes que des hommes

Parce que je ressens Dieu en eux

Si je meurs c'est en aimant sans armes ni bombes

J'attends toujours la fin de leur monde

SI JE MEURS C'EST EN AIMANT SANS ARMES, NI BOMBES

J'ATTENDS TOUJOURS LA FIN DE LEUR MONDE

LA FIN DE

LEUR MONDE

LA FIN DE LEUR MONDE

PAR AKHENATON ET SHURIK'N, 2006

Regarde ma terre en pleurs, mais les choses ici
prennent une telle ampleur

Les fils partent avant les pères, y a trop de mères en sueur

Quand les fusils de la bêtise chantent le même air en chœur

Le mangeur d'âmes à chaque repas s'abreuve de nos rancœurs

Je l'entends toutes les nuits, lasse des fantômes qui la hantent

Lasse de leurs complaintes, tellement que des fois,
elle en tremble

Par le sang de la haine, constamment ensemencé,
aux pas cadencés

Quand ce dernier chasse le vent hors des plaines

Rien n'a changé depuis « Où je vis »
Juifs, catholiques, musulmans, Noirs ou Blancs
Fermez vos gueules, vous faites bien trop de bruit
Comme ces orages dont l'eau se mêle à nos larmes
Et leur choc, sur le sol aride dont l'uranium a volé l'âme

Je ne veux pas d'une ville au cimetière plus grand
que la surface habitable
Même s'il paraît que de l'autre côté, tout est plus calme,
plus stable
Je ne veux pas qu'après le jour J, les survivants
survivent sous néon
Trop proches du néant car le soleil les prive de rayons

Les artères pleines d'amer comme un Caddie au Géant
On charge, on charge et à la sortie, c'est tout dans les dents
Je crois que c'est dans l'air du temps, chacun cherche
son bouc émissaire
D'une simple vie ratée à l'envoi d'une bombe nucléaire

L’amour manque d’air, dans leur monde, nous on suffoque

Tout ce qu’on supporte, ça pressurise et c’est les psys
qui vont exorciser

Que quelqu’un me dise si j’ai des chances de voir enfin
la paix exigée

Qu’un jour les abrutis s’instruisent

Perché sur ma plume, j’attends ce moment, observe ce bordel

De petites flammes monter au ciel, pour elles,
j’ai saigné ce gospel

Héra se barre à tire-d’aile, lasse de la sève qu’on tire d’elle

On clame tous qu’on l’aime mais aucun de nous n’est fidèle

Jalousie et convoitise se roulent des grosses pelles

Et quand les problèmes viennent, on règle ça
à coups de grosses pêches

Pendant ce temps-là, certains amassent des sous
par grosses bennes

Et devine qui est-ce qui creuse mais avec des plus grosses pelles

Quand est-ce qu'on y arrive, là où le bonheur désaltère
Où le futur se construit sans cris, sans mecs à terre
Ni de centrales en fuite, rien sur le compteur Geiger
Finalement conscients qu'ici on n'est que locataires

Tu parles d'une location, regarde un peu ce qu'on en a fait
Quand le vieux fera l'état des lieux, on fera une croix
sur la caution
On aurait dû le rendre comme on nous l'a donné
Clean, sans taches et innocent comme un nouveau-né

Seulement les nôtres meurent de faim en Afrique
Mais y a pas assez de fric pour eux, alors, la dalle,
il faudra la tempérer
Des hommes tombent sous les rafales racistes
mais on ne peut rien pour eux
Alors, les balles, faudra les éviter

Le cul devant la télé, occupés à rêver,

Le doigt posé sur la commande, on se sent exister,

On râle, on gueule, on vote, espérant que ça va changer

Mais dresse les barricades et tu les verras tous hésiter

Garni d'incompréhension et de stèles géantes,

Le globe rêve de compassion et de bourgeons renaissant
sur ses branches

Les mêmes qu'on laissera crever un soir de décembre

Dans le silence, juste un bout de carton pour s'étendre

Tout le monde a ses chances, de quelle planète
vient celui qui a dit ça ?

Un homme politique je crois, live de Bora-Bora

Pendant que les foyers subissent façon *Tora ! Tora !*

Mais bon c'est bien trop bas, alors forcément
ils ne nous voient pas

Paroles, paroles, paroles, ils ont promis monts et merveilles
Mais les merveilles se sont envolées,
Il reste que des monts mais c'est raide à grimper
Et au sommet, y a que des démons en costume cendré

En bas, c'est les jeux du cirque, César ave
Parce qu'on va se faire bouffer, par des fauves qu'ils ont dressés
On note une sévère chute de sang sur la map
Une montée d'or noir, un jour on paiera cher
pour une bouffée d'air pur

Ici c'est chacun sa culture, chacun son racisme,
Seulement sur fond blanc, c'est le noir qui reste
la meilleure cible
Les temps changent, c'est sûr, mais y a toujours des irascibles
Ils ont le bonjour d'Henri, d'Aaron, Mormeck et Zinedine

À l'heure où les gens dînent, y en a encore trop qui cherchent
Pour eux pas de huit-pièces, ils crèchent au parking
Tout le monde s'en indigne, ça dévalue le quartier
Ça effraie mémé et on sait bien ce que mémé va voter

Du haut de leurs tours de vice, droites comme la tour de Pise
Jumelles sur le pif, ils fractionnent, divisent à leur guise
On s'étonne ensuite que ça finisse en fratricide
Car tout ce qui compte c'est de gonfler les commandes
de missiles

Vive la démocratie ! Celle qui brandit la matraque
Face à des pacifistes, t'es pas d'accord, on te frappe
Multirécidivistes, ce n'est jamais ceux-là qu'on traque,
Ils vivent en haut des listes et mettent leur tronche sur des tracts

Ce monde agonise, vu ce qu'on y fait, c'était prévisible
Comme la goutte sur le front dès que la merde se profile
Mais la peur atrophie les cœurs, peur de tout ce qu'on ne connaît pas
Alors on se barde de préjugés débiles

De partout, les extrêmes dominent en prime time
À chaque fois qu'ils déciment une famille
Et bien avant ces régions où sévit la famine
Images trop crues pour un beauf devant sa viande trop cuite

Lui qui croyait que l'euro ferait beaucoup d'heureux
Pour les vacances, faudra attendre un peu ou gagner au jeu
Mais là ce n'est pas trop l'heure, demain très tôt y a le taf
Comprends, ce monde va trop vite, aucune chance qu'on le rattrape

Sur la route des principes, ils ont mis des pièges à loup,
Des gilets dynamites et des scuds, il y en a un peu partout
Faudra faire gaffe aux mines, aux puits d'où la mort s'écoule
Il a beau être vif mais, à la longue, il n'évitera pas tout

Et un de ces quatre, il finira par tomber,
J'espère qu'il y aura quelqu'un pour aider le prochain
à se relever,
J'espère qu'il ne sera pas comme le nôtre, aigri et crevé
Et j'espère surtout que celui-là n'essaiera pas de se faire sauter

Tu sais, on vit dans la télé, le globe s'est fêlé
Ils servent de l'emballé, mais en vrai, c'est la mêlée
On se prend à espérer des choses simples, mais leur fabrique
À peur s'est mise en branle, tout ça pour les dérégler,

Cris, sang, cicatrices, terreur dans la matrice
Ils disent qu'une vie vaut plus à New York, Paris,
Londres ou Madrid
Alors c'est comme ça, une échelle dans la peine ?
On aime ces catastrophes quand des gens manquent à l'appel

Surtout s'ils nous ressemblent, on les filme à la morgue
Et nous, dans les sofas, contents d'échapper à la mort
Mais reste dans les cœurs l'anomalie appelée peur
Et grâce à ça, de toutes parts, ils ont recours à la force

C'est une révolution, cette fois elle est de droite
Voilà pourquoi le chantage à l'emploi dans plein de boîtes
Voilà pourquoi ils veulent à tout prix implanter la croix
Et face à la télé souvent on les croit dans leur droit

Ils disent: «C'est humanitaire», mais ils niquent les mers
et la Terre

Pour chaque écart, c'est la guerre,

Si le quotidien est précaire, c'est qu'ils nous dressent
à être délétères

Et se contenter de joies éphémères

Si l'Afrique est en colère,

C'est parce que les trusts la pillent, seuls les généraux
corrompus coopèrent

Et jouent des vies au poker

Est-ce que la rancœur et le désir de revanche est
tout ce qu'on leur a offert?

On parle du droit des femmes, quand leurs maris les frappent

Avec des clichés religieux sortis tout droit des fables

Comme si ici elles étaient bien depuis le Moyen Âge

Mais c'est en 46 que s'est ouverte une nouvelle page

Maintenant elles nous valent, on le dit dans les ouvrages
Pourquoi elles touchent moins de pognon
à compétences égales ?
Pourquoi elles seraient moins faites pour être responsables ?
Alors qu'elles nous ont tous torché le cul nu dans le sable

On force sur la boisson, parie sur les canassons
Mais la réalité c'est qu'ils nous font bouffer du poison
Et dans l'hôtel du bonheur, beaucoup font la valise
L'espoir tué par des fanatiques libéralistes

Pas de bombe sale, ni de grosse salve
La stratégie est simple : ils exploitent et ils affament
Quand on les voit à la télé, ces cons ont l'air affable
Mais le monde est à genoux quand ces bordilles sont dix à table

Des comptes sous faux noms, ils prétendent agir au nom
De la liberté, mais c'est la monarchie du pognon
La France et les States par factions interposées
Se livrent une guerre en Afrique et tu veux rester posé ?

Freedom par-ci, démocratie par-là
Mais j'ai maté sous la table et j'ai vu que c'était que des palabres
La vraie Mafia, non, ne la cherche pas en Calabre
Mais dans ce bled, où dans les quartiers pauvres à quarante ans

On tombe malade, à fumer du mauvais tabac
Et manger de la merde, où le Xanax fait un tabac
Avec l'alcool fort, les rues deviennent des grosses forges
Et le métal y est commun monté sur grosses crosses

La violence au quotidien de tant de gosses pauvres
Et moi j'attends l'Apocalypse après cette apostrophe
J'en ai marre de tous ces mensonges qu'ils colportent
Pour les servir, dans de nombreux cas, y a mort d'homme

Tous terroristes, j'entends leur théorie
Vanter le sacrifice pour des principes, c'est horrible
Les mômes survivent nourris à l'eau et au riz
Pendant que leurs poufs se baladent à Aspen ou Saint-Moritz

La flore crame, la faune cane
Dis, c'était des barbus qui lâchaient l'agent orange
sur le Nord Vietnam ?
Non, c'était les *boyz*
Mais qui peut m'indiquer la justesse d'une cause ?

En partant de là, chacun écrit ses droits
Désolé, je trouve aucune excuse à Hiroshima
On peint l'histoire comme on colorie vite une image
Et peu importe qui se fait tuer, chaque fois, je le vis mal

On croit en nos gendarmes, qui servent et nous protègent
Mais moins au Rwanda, quand ils jouent du lance-roquettes
Pour placer le pantin qui conviendra à la France
Une casserole de plus au ministère de la Défense

Ils se crêpent le chignon, au fond ils sont ignobles
Sur la conscience des députés, y en a plus d'un million
Quand il faut des aiguilles, nos politiques ont des chignoles
Défilent sur des chars, le 14, ils se pignolent

Au son de *La Marseillaise*

Et d'une imagerie guerrière qu'ils veulent tranquillement refiler aux élèves

De leur appart dans le 16,

On voit un tableau différent, ils disent croire en Dieu, mais croient en ce qu'ils possèdent

Ils trouvent même pas un corps dans les ruines du World Trade

Et sortent des débris le passeport de Mohamed

Je ne peux plus exprimer combien on trouve ça grotesque

J'comprends pourquoi c'est le désert dans les bibliothèques

Au collège de la vie, ils jouent les profs d'histoire

Et abreuvent le quotidien de mille sornettes illusoires

On a bâti une forteresse, l'a nommée Alamut

Coincés physiquement entre garde à vue et garde-à-vous

Compte tenu de la pression patriotique
J'admire les gens de gauche en Israël et en Amérique
Est-ce qu'on vaut mieux en France ? Désolé si j'insiste
Mais regardons-nous franchement, on est aussi racistes

Ensuite ils vendent ma liberté au marché public
Et me tannent grave, avec les valeurs de la République
La République ? Elle passe ses week-ends en régate
Puis se prostitue de toutes parts pour un Airbus ou une frégate

Elle exécute dans une grotte des opposants kanaks
Et mange à table avec des gars style Giancana
Puis explose le *Rainbow Warrior*
Et dessine les frontières du tiers-monde à la terrasse du Marriott

Sponsorise les fanatiques aux quatre coins du monde
Les entraîne au combat et à manipuler les bombes
Le collier casse, ces cons échappent à tout contrôle
Et quand ils mordent la main du maître,
alors on crie au monstre

Ils discutent notre futur autour d'un pichet
Pour notre sécurité, zarma, ils veulent nous ficher
C'est la France de derrière les stores et j'en ai marre
De me faire gruger par des tronches de dispensés de sport

Je me bats pas pour la Porsche, mais pour un meilleur monde
Avec mes petits bras, vivant à cette époque où la terreur gronde
Où la frayeur monte
Travaille sur moi chaque seconde pour être un meilleur homme

On vit en ces temps où dans un taudis de Paris

Trente-six gosses meurent brûlés vifs,
quand les demandes en HLM

Dorment depuis des années dans les archives

Alors que des employés de la mairie

En obtiennent avec terrasse et parking, et t'appelles pas ça
du racisme ?

Après ils pleurent quand, perdus, on revient aux racines

Ils ont caricaturé nos discours radicaux

Et l'ont résumé par wesh-wesh, yo-yo

Nous, complexés et si peu sûrs de soi

On s'interpelle entre nous comme Ritals, Rebeus, ou Renois

Chaque jour, la grande ville resserre l'étreinte

Et tu peux voir les noms des nôtres évaporés, écrits sur des trains

Ma vie, un *mic*, une mixette, loin des ambitions
De qui sera élu président en 2007
J'adore ce moment où ils dévoilent le minois
De qui devra tailler des pipes monumentales aux Chinois

À défaut d'argent, putain, donnons du temps
Dans nos bouches, le mot liberté devient insultant
Car c'est les soldats qui le portent et non plus le vent
Comme si le monde était rempli de cruels sultans

Mécontent des schémas qu'on nous propose
Je cultive maintenant les roses dans mon microcosme
Mesure les dégâts minimes que mon micro cause
Ça ne peut qu'aller mieux, alors j'attends la fin de leur monde

Extrait de l'album *Soldats de fortune*
Auteurs : Akhenaton, Shurik'n
Compositeur : Akhenaton
Éditeur : La Cosca
Producteur : 361 Records, 2006

Téléchargez ou écoutez *La faim de leur monde* sur la plateforme de votre choix en scannant ce code.

Disponible en version vinyle

Du même auteur

LA FACE B

avec la collaboration d'Éric Mandel

Don Quichotte éditions, 2010

Points, 2011

Du groupe IAM

ENTRE LA PIERRE ET LA PLUME

avec Baptiste Bouthier

Stock, 2020